문학과지성 시인선 357

빛의 사서함

박라연 시집

문학과지성사

문학과지성사에서 펴낸 박라연의 시집

서울에 사는 평강공주(1990)
생밤 까주는 사람(1993)
너에게 세들어 사는 동안(1996)
공중 속의 내 정원(2000)

문학과지성 시인선 357
빛의 사서함

초판 1쇄 발행 2009년 2월 27일
초판 3쇄 발행 2012년 10월 19일

지 은 이 박라연
펴 낸 이 홍정선
펴 낸 곳 ㈜문학과지성사

등록번호 제10-918호(1993. 12. 16)
주   소 121-840 서울 마포구 서교동 395-2
전   화 02)338-7224
팩   스 02)323-4180(편집)   02)338-7221(영업)
전자우편 moonji@moonji.com
홈페이지 www.moonji.com

ⓒ 박라연, 2009. Printed in Seoul, Korea

ISBN 978-89-320-1948-2

문학과지성 시인선 357

빛의 사서함

박라연

2009

시인의 말

내 빛의 사서함을 열자
붉고 노란 웃음소리가 쏟아져 나왔다.
웃음소리를 만지자
수련이 쑥쑥 솟아오른다.
고통만 들이닥치는 것이
인생이 아니라는 듯,

어둠 속의 나를 견뎌준 가족과
내 시 앞에
환한 거울을 걸어주신 분께
내 설렘을 바친다.

2009년 2월
박라연

빛의 사서함

차례

시인의 말

불면

누군가의 손짓일 것입니다

독 속의 쌀을 싹싹 긁어 굶주린 허공에게

밥을 지어 먹이자는,

상황 그릇

내 품이
간장 종지에 불과한데

항아리에 담을 만큼의 축복이 생긴들
무엇으로 빨아들일까

넘치면 허공에라도 담아보자 싶어
종지에 추수한 복을 붓기 시작했다

붓고 또 붓다 보니
넘쳐흐르다가
깊고 넓은 가상 육체를 만든 양

이미 노쇠한 그릇인데도
상황에 따라 변하기 시작했다

뻔히 알면서도 모른 척
져줄 때의 형상이 가장
맛, 좋았다

허공에도
마음을 바쳐 머무르니
뿌리 깊은 그릇이 되어 눈부셨다

자결(自決) 미소

나의 벗 최선주가
모나리자의 미소를 지으며
제 미소 속으로 사라졌다

(달이 차오르듯
차오르고 싶어서?)

친구 따라 강남 가듯
주섬주섬 옷을 챙겨 입었다

배부르게 웃어본 적 없는
자기 몫의 반의반도 웃지 못한 채
숨겨버린
어떤 너와 나무와
새와 꽃들의
단명한 웃음을 거두며
삼키며
오랜 세월 두리번거렸다

생생한 생시인데

미소가 달이 되고
달이 사람이 되기도 하는
정거장을 찾은 양
그쪽으로
조금씩 기울었다

단명한 웃음의
화력이 최대치에 이르렀을 때
제 미소만으로
痛유리창을 뚫고 솟아오를
미소의 달인처럼

고사목 마을

피를 빛으로 바꾼 듯

선 자리마다 검게 빛났다

아는 얼굴도 있다

산 채로 벼락을 몇 번쯤 맞으면

피를 빛으로 바꾸는지

온갖 새 울음 흘러넘치게 하는지

궁금한데 입이 안 열렸다

온갖 풍화를 받아들여 돌처럼

단단해진 몸을 손톱으로 파본다

빛이 뭉클, 만져졌다

산 자의 밥상에는 없는 기운으로

바꿔치기 된 듯

힘이 세져서 하산했다

낙성대(落星垈)역

어디선가 본 듯한 저 얼굴

춥고
막막할 때마다
늦도록 바라보며 뭐라 뭐라
중얼거리면

가설 하늘 무대가 생기는

만개한 용기

끼니 걱정
집 걱정하는 이웃을 위해
간판 하나 내걸고 싶을 때 있다

천상의 시간에서나
맛볼 냄새
식물들이 밤새워 지은 밥상을
받을 수 있는

새나 곤충
식물들의 운과 명이 번져
끼니도 집도 허공에게서
노지에게서 하사받을 수 있는

허공과
노는 땅을 실어 와 분양해주는

占집 같은 간판들을 여기저기
덧걸고 싶을 때 있다

손가락 의자

더 이상은 날 수 없다는 듯

고추잠자리 한 마리가

더 이상은 바라봐선 안 될 한계 그늘에서

쉬고 있는 내 여윈 검지에 사뿐히

내려앉는다 옆 사람에게 미안했지만

심장 박동 수가 비슷해서 굴러 온

축복이려니, 조심조심 지친 숨을

다독여주었다 기댐과 돌봄 사이에

행여 금이 갈까 두려워

온몸에 쥐가 나도록 한결같았는데

어쩌나! 엄지손가락에 다른 잠자리가

또 내려앉아 심장 박동 수를 맞추게 하니!

달에 내리는 두레박처럼

아무도 모르게 바닷물이
하늘에 오르는 사이

강화 바다는
하늘을 벗어버린 달의 표면

꼭 그 사이만큼만

낮게 내려앉은 저 달의
모래 구릉과 작은 골짜기와
게가 뚫은 소통과 소멸 사이를
고통과 열락 사이를
크고 작은 무덤 사이를

흐르고 흘러 달에 내리는 두레박처럼
닿아보는 일,

수백 볼트의 붉은 수련體로 솟아

쑥쑥 수련 천지 되어

오래된 나의 어둠을 밀어내고
달마저 붉게 물들여져서
세상 한 귀퉁이라도 비춰낼 무렵

내 검은 두레박에도
반은 달 또 반은 붉은 수련으로
출렁거리게 하는 일,

크나큰 수레

고통이 숨을 쉴 때마다 한 치수씩

요염해졌는지

마치 수양버들에 탱자 꽃 피어

탱자가 주렁주렁

호수에 어린 듯 고혹적이다

푸른 가시가 햇살에 감전될 때마다

맨 처음 꽃 피었던 꽃잎들의 입술까지

불러냈는지 무한정 탱자 꽃향기가

흘러나와 수레를 깁고 짜고 있다

늙은 마을 하나를

갓 시집온 마을로 거뜬히 실어 갈

커다란 수레바퀴를,

해바라기 63

요절의 나이를 벗어나자
남루한 내 사랑도 고소공포증을
찢고 나와
엘리베이터를 탔다
층층마다 벽을 뚫고 해바라기를
피워냈다

바라만 보고 살았을 뿐 오르지
못했던 열망들이
엉켜서
63빌딩이 된 것처럼

이번 생에서는
아무래도 바라만 보다 돌아서야 할
높이 귀신들이
죄다 해바라기가 된 것처럼

원하는 높이의 바구니를

공이
살짝 벗어날 때마다
둥근, 샛노란 꽃이 피어난 듯
환한

수십만 송이의 해바라기를
내려다보다가 수십만 송이의
해바라기가 되고 있는
나와 마주쳤다

나팔꽃 피는 책

붉고 푸른 내력
페이지마다 나팔꽃으로 번져
눈부시지만

오르는 길만 쥐고 태어나
한정 없이 오르며 사는 저 손을
욕(慾)이라고 읽어도 되나

줄이 끝나면 허공이라도 감아 오르는
저 간절함을 욕(辱)이라고 읽어도 되나

허공마저 툭, 놓아버리는
페이지를 넘겨야 할 때 부디
어디에든 걸려서
살아만 있으라고 조바심쳐도 되나

책 속의 손이라서
좀처럼 잡히지 않을 때 말라깽이

제 몸이라도 칭칭 감아 오르는
저 붉고 푸른 피에게

애독자로서
넓고 편한 옆길쯤은 일러줘야 하나

더 이상 오를 수 없어 다친 마음들을
대신 꽃피워 이른 아침 우울한 창문마다
환한 얼굴로 불 밝히려는 헌신으로
읽어줘야 하나

X 파일

쑥이 구황 식품일 때 온몸에 쑥물 들어 돌아오는
길 석양을 머금은 자갈길에서 쌀 몇 말 값을 주운 것
내 보물찾기의 시작이었을까

청춘에 하숙을 치며 생을 물들일 때 물방울 속에라
도 길을 내려는 듯 내 안의 곤*이 획획 포물선을 그으
며 날아올랐는데

점점이 무지개가 되었는데 무지개다리에서 별을
단 화관과 마주친 것 내 보물찾기의 시련이었을까

화관을 쓴 눈에는 보물찾기마저 심드렁해 탕진한
시간들의 다비를 위해 최면 걸어주신 것 그러니까,

땅바닥이 파일 듯 천장이 뚫릴 듯 쩡쩡, 아픈 시간
들을 뱉어낼 때마다 화관을 찢으며 흘러나오던 죄와
상처, 보물찾기의 절정이었을까

사는 일이 캄캄해 부싯돌인 양 제 몸을 치며 견딜
때 거짓말처럼 환한 길을
펼쳐주신 X, 그를 안 본 이들에게 어떻게 전할까

* 장자의 '소요유' 편에 나오는 커다란 물고기. 이 곤(鯤)이 변해서
붕(鵬)이란 이름의 새가 된다.

그믐달 속에 핀 목단님께

근심에도 혈통이 있어 땅은 하늘의 근심을
아이는 아비의 근심을 먹고 자랐을 것입니다

밥이 자칫 꿈이 되지 못하고 독이 될까 두려워
곡기를 끊은 그믐달의 잠 속으로

맨발로 찾아오신 당신
배고픈 마음마다 福 자를 새길 것 같은 밤입니다

내림 근심만 먹고도 한 번 더 꽃을 피워낸 당신
가가호호 패자 부활의 꽃 피워주시는지

봄 흙들이 한꺼번에 떨려 휘청, 물방울이라도
기댈 태세입니다

치욕을 캐내려고

그곳에 가면
치욕도 캘 수 있다는
잠꼬대를 자일 삼아 이슬산을
얼러가며 캐고 또 캤다
이고 지고 내려왔는데
취나물 두릅 쑥뿐이다
나보다 더 망연자실한

쑥이 말했다
치욕은 잘 번진다…… 아

두릅이 이어 말했다
불쑥불쑥 잘 나타난다…… 아

취나물이 또 이어서 말했다
뿌리가 없다…… 아,

정히 그렇다면 내가 치욕의 뿌리가
되어 잘릴 수밖에!

추수

독자들이 두고두고 뽑아 드는

한 권의 책이거나

손님들이 슬쩍 집어 들고 싶은

화초이거나

잃은 것이 많은 몸일수록 잘 우러나온다는

오미(五味), 몸 구석구석에 번질 때쯤

말갛게 청소시켜 군중 속에 세워두면

달님이 만개하며 집어 드는

한 채의 사람이거나

정화 능력이 탁월한 수중 식물의

뿌리가 온몸에 퍼져 있는

그녀이거나

옹달샘에 버려진 쪽박이거나

Love

어디선가
대왕호랑나비 한 마리 날아와
비쩍 마른 채송화의 등을
어루만지고 있다 어른 손바닥만 한
초면인, 저 대왕호랑나비와 나는
무슨 인연일까

주소는 누구에게 물어 찾아온 걸까
나비 다녀간 기억만으로 채송화는
가을 내내 베란다 가득
눈부신 채송화 왕국을 펼쳐내고 있다
잠시 어루만져준다는 것이
세상을 저토록 눈물겹게 닦아주다니
살 오르게 하다니
내 중얼거림의 발치로 꽈리 모양의
꽃씨 주머니가 떨어졌다
주머니를 열어보니 까만 씨알마다
하트가 새겨져 있다

박 정 웅

산동네 비탈진 언덕길을

이고 지고 비틀대며 걸어가듯

일가친척은 물론 주변들의 짐까지

이고 지고 가는 사람을 볼 때마다

가서 붙들고 물어보고 싶을 때 있다

물어보나 마나 자청했을 게다

흥부의 박이거나 복 항아리인 것을

짐작 못한 나는 홀가분한 몸을

으스대며 흥얼거리며

남 걱정하느라 참 부산스럽다

동병상련의,

거주 만료된 몸을 나와
저세상으로
가던 길목에서 문득 희로애락을 끌고
평생 수고해준
제 몸을
한 번 더 보고 싶어진 영혼처럼
그녀

차를 돌려 살던 집의 비밀번호를 눌렀다

숟가락 소리 웃음소리 서류와 옷
가구와 상처와 추억이
집을
빠져나가니 싸늘히 식어버렸구나!

무릎을 꿇고 함께 견딘 시간들을 주물렀다

인공호흡까지 시켰다 입을 달싹거리며

알은체하자 그녀

노잣돈 건네듯 움트는 동녘 햇살을 혀끝으로
떼어 덮어주었다
설익은 밥

높고 외롭고 쓸쓸한 정신을
흉내만 낸
나의 밥을
오랜 세월 맛있게 먹어준
집에게
큰절하며 돌아섰다

선물들의 희망 사항

선물도 그 신분이 있더군,
반송시킬 서류 뭉치 혹은 왕의
남자의 남자쯤 되는 것처럼
홀대하던 주인께서
어느 날
버려져서 더욱 향기로운 한란 향을
손바닥으로 쓸어 담으며

저런! 너는 꽃이 아니라 바로
그 사람이었구나! 네 작은 몸집으로
사람 사는 곳의 옆구리의 추위와
막막함을 네 피 뽑아
수혈해주며 근심 덜어주는
일로 연명했구나!

향기란
세속의 계산을 뛰어넘는 순간에
터져 나오는 울음이니

공짜로는
더 이상 네 피 받을 수 없지
말 걸어왔으면 훗날 지극한
장례라도 치러줬으면

플라이 낚시

허공에
던져진 누군가의 간절한
두근거림

상처끼리 몸을 비벼 피워낸
전 방위 신호,

신호를 찌 삼아 상한 세상의
입술을 찾아 두근거려야 할
붉은 내 혀

이병기 생가의 탱자나무

한 무릎에서
이백 수를 견딘다는 것은
저세상까지
발을 뻗어 밥벌이하는 일

울타리의 한 가닥으로 연명하다
지금은 보호수로 지정된
이 집 탱자나무조차 장수가
축복만은 아닌가 보다

몸 안쪽 날개를
온통 단단한 가시로 무장한
저 완전한 비애!

제 가시 머리 뚜껑을 한 번쯤
열어보고 싶을
이병기 생가의 저 탱자나무

詩와 몇 촌쯤 될까

품

고층 아파트까지 흘러온 여치 한 마리

울음이 언어인데

너무 높은음자리에 울음 구멍이 시리다

몇 층까지 들릴까 내년에는

더 크게 울 수 있을까 궁리 끝에

산도 넘고 바다도 건널 수 있는

메아리를 낳으려고

산봉우리 몇 채쯤 먹여 살릴 밥을

짓기 시작했다

앞산은 뒷산을 뒷산은 옆 산을

옆 산은 또 다른 산을

메아리 밥으로 먹여 살리다 보면

그릇 없이도

가닿고 싶은 높이가 주시는 밥

받아안을 수 있을까

그들의 천성

밥으로 꽃으로 이 세상에 온 것
잊지 말자고

願이 없으니 상처도 없는 것처럼
누구에게라도 즐겁게 바쳐질

맛과 향기와 아름다움을 위해서만
오늘을 걱정하는 저 천성!

빛과 어둠이 정 좋게 산란하는
땅이 좋아서 까맣게 저를 익히는
씨앗들의 저녁

그런 씨앗의 정적을 혹시 아시나요?

그 사람

설산에 핀 꽃구경 가면
그 사람 볼 수 있을 것 같아
고소공포증에도 목숨 걸고
그네를 타고 올라갔다 올라갈수록
가다가 죽을 일이 뻔했다
제 분수 모르고 저를 높이고 싶은
者, 오르는 길에 죽고 마는구나!
동행들은 끄떡없는데 죽을 듯이
어지럽다
서랍 속에 숨겨둔 어떤 것
사람만이 감출 수 있는 어떤 깊이
어떤 높이 같은 것들이 죄다
드러나서다

가서 보니 그 사람은 없다
그 사람을 연기해낼 수많은 얼굴과
목소리를 접했다
고도에 존재하는 것들은
모두 그 사람이다

물 위에서의 권투 시합

백조는 배꼽 아래 제 물갈퀴를 볼 수 없다

품삯 한번 제대로 받고 싶은 죗값이다 아마

권투 선수가 링에서 흘린 피는 봤을 게다

링도 물갈퀴도 없는데 선수 등록을 마쳤다

꿰맨 적 없는 무릎들은 아직 귀가 없을 게다

누구를 쓰러뜨리는 쾌감보다

물 위에 서서 싸우려고 저를 단련시키는 동안

혈관에서 샘솟을 물 한 잔 마시고 싶은

맘 또한 알 리 없을 것이다

대련자 안 붙여주면 물에 비친 해,

혹은 달과 한판 붙을 정신

모종 중이다

악마는 프라다를 입는다

빛나는 순간을 위해
사라지지 않으려고 알알이
줄을 입는다면

공중에 길을 낸 적 있는
나는 거미인가

먹어치운 절망만큼 줄줄, 거미줄이
흘러나왔거든

주인공 앤디가 지미 추의 구두를
신는 순간 줄과 줄에게 녹아들던

그녀의 영혼, 한 입씩
즐겁게 맛봤을 텐데 앤디는
악마인가

애인도 동료도 눈 질끈 감고

46

밟을 때 길은 열렸으므로
싱싱 펑계의 줄을 타면서
유명 패션 회사 비서직에 연연하면서

그녀가 더 달콤해질 때마다
역겨웠지만 나는 아직도 프라다를
입고 싶은데
교훈적으로 영화는 끝났다

癌나무라 부른다지?

연두의 혀로
지은 집처럼 앙증스러운데
하필 저, 먹여 살려주는 나무의 피를
말려서 빨아서 달게 마시며
사는 암나무의 고뇌
향적봉을 오르는 케이블카 너머로 봤다

독사의 독을 빼서 암세포를 공격시키듯
암나무 씨앗을 암 환자에게 먹인다는데

사람과 암세포, 나무와 암나무
암나무와 사람은 신종 혈연관계?

열 손가락 깨물면 안 아픈 손가락 없듯
우주의 목숨엔 서열이 없을 텐데!

꽃 피는 봄이 오면
나의 심장에 달아보고 싶다
저 연두의 두근거림을

그림자 밥상

오감이 없다면 그림자 밥상도
그림자처럼 가벼울 텐데 명절이 찾아와
살랑거려도 취하지 않을 텐데
취기가 이끄는 대로 노 젓다 보면 전성기의
자리인 양 당당해지고 마는데

친족일수록 그림자 육체마저 지우려 하는 것
그래서 등이 더 따가운 것
그런데 당신
그런 것까지 아는 그림자의 등을 본 적 있어?
그 등 뒤에 서서 슬픈 영화 보듯
흐느낀 적 있어?

일 밀리라도 소통되려고 기웃거리는
그림자 밥상에게
마음 열어준 적 있어?

허화(虛花)들의 밥상

봄꽃가지에서
그렁거리던 눈부신 청색 꽃잎들이
가을까지 오래된 생각처럼 골똘하다

저 생각은 산수국이 피운 허화
깨알만 한 제 꽃잎 둘레에 가짜 꽃잎을
크게 피워 벌과 나비를 불러온 것,

향낭이 없으니 허화는 자연사될 수 없다?

문득 세상의 허화들은
무슨 죄로 가짜 생존의 시간 속
으로 끌려 나왔을까 구구절절 누구를
빛내주려고? 일 퍼센트쯤 모자라서 쓸쓸한
생을 완성해주려고? 덩달아
골똘해져서는 가짜의 고통을 목 졸라준다
(내일은 내 목에서 수국이
피어날 것이다)

대청소

거실은
대장쯤 될까
그렇다면 부엌은 머리?
변기는 욕망이 거하는
뇌일지도 몰라
정신의 소란을 쉽게 건너려고
온몸을 분질러댄다
마흔에서 쉰 고개쯤에 이르러
저를 마감할 듯 철철, 피 흘리는
계곡을 지나야
모서리마다 윤이 흐르리라

집이 살아나는 소리 들리고
꿈틀, 발가락이 손가락을 찾겠지
한 사람의 결곡한 청소가
저라도 살려내면
우주가
한 주먹쯤 넓혀진 듯
환하리라

우연히 들른

부안 바다 파도가
아무리 제 키를 높인들
혀를 뭍까지 빼내 넘실거린들

칼로 물도 베어버리는 세상의
저 제방, 뛰어넘을 수 있겠느냐

분노가 있어야
진화는 계속된다고 말하고 싶지만
우연히 들른 나는
아직 파도의 말이 없다

평등한 밥을 위해 평생을 바쳤을
시인 박영근, 그의 영정사진 속

해맑은 웃음이 새만금까지 흘러넘쳐
철썩이는 것 보았지만

너무 공평 평등해서 심심한, 곳으로
가는 그를 붙잡고 싶지만

우연히 들른 나는 저승과 맞서
싸울 주먹이 없다

그해 가을 S대 공관 앞 산벚꽃나무 단풍이
목단꽃보다 더 고혹적이었던 이유

꽃이 되지 못한 비애를 끼니 삼아서다

가락이 유별 붉은 소쩍새랑

친해서다 나무의 나이테를 이루는, 맨

처음인 것들의 두근거림을 소쩍새가 가끔

꺼내주어서다 덜 아프고 싶어서 뽀얀

순간만을 기억해내는 이파리들의 손금

덕분이다 손금에서 쉬던 햇살과

바람, 빗방울을 허기질 때마다

비벼 먹고 자라서다 임종이

임박해서다

봄의 경계

봄엔 말조심 경보를 내릴 일이다

마음은 봉지 단속을 더욱더 잘해야 한다

아무리 짧게 내뱉어도 한순간만 품어도

제 가려움을 못 견딘 씨앗들이 무엇이든

뚫고 머리를 내밀어버린다

봄 달 봄 태양이 더욱 그러하듯

멀리서 하는 말

멀리서 품는 마음들은 하늘의 귀까지

뚫을 듯 힘이 세어서다

코스모스 세례

코스모스 군락이
부안 바다와 잇대던 날

무엇엔가 이끌린 듯 옷이란
옷은 죄다 벗어 던지고 뛰어듭니다

깨어보니 그 많던 코스모스들이
연기처럼 사라져버렸습니다

발걸음을 뗄 때마다 사람들이 그녀를
향해 카메라 셔터를 눌러댑니다

놀라서 뒷걸음치다 바닷물에 비친
제 모습을 봅니다 글쎄
코스모스가 돼 있었습니다!

문자 배우

큐, 사인이 떨어지면
문자를 울리는 사람이 있다

풀잎을
여치와 잠자리, 산딸기를
울리면 이 사람도 가능할까

누군가를 아프게 한 적 있는 사람은
자연을 울게 할 수 없다면 어쩌지?
茶처럼 비애를 마시며 사는
사람들 통장 속으로
싱싱한 내 뼈
죽지 않을 만큼만 빼내어
입금시켜주면 실현될까

남의 근심까지 펑펑 울려주는
문자 배우들의 꽃자리는
입술일까 머리일까

배호

물 마시듯
그의 영혼 마신 일 미안해서 한 잔
죽은 시간들이 꿈틀거려 감사해서 한 잔
그의 불우 속에 내 몫까지 껴들어
간 것 속죄하면서 한 잔

마음 석 잔을 무덤에 뿌려드리니
온몸에 불이 나서「돌아가는 삼각지」를
열창하는 가수 배호

경기도 양주군 신세계 전 공원묘지가
일제히 따라 불렀나요?
세상의 모든 아픈 것들이 몰려와
함께 불렀나요?

누가 나를 돌리고 있나요?
탑을 돌듯 무덤을 돌다가
누에가 뽕잎을 먹듯 묘지를 먹기

시작했다 비문에 새겨진 사연까지
다 먹었다

허공에 멈춰 서서
사라진 무덤을 내려다보는
푸른 나비는 누구?

벤자민 씨가 쓴 소설

사람 고픈 냄새가
낭자해서 코를 쑥 뺐더니

벤자민 씨 오래전에 아파트
쓰레기통에 버려졌다는 것
손톱도 안 들어갈 만큼 목마른,
흙을 뚫으며 미처 못 산 시간을
찾아 나선 뿌리들,
무려 이 미터의 몸을 먹여 살리려고
공중의 수분을 핥으려고
시골 장독만 한 화분 외벽을
칭칭 동여매며 버틴 것
화분의 배수구 그 작은
통로를 통해 여윈
목마른, 헤진 여생을
혀로
삯바느질한 이야기

쏙 넣어주네

나의 비만

새들이
아름다운 소리를 내기 위해
오직 소리만으로 얼마나 많은 공중에
숭숭 구멍을 뚫어야 하는지
헤아리지 못해서

꽃이 피고
물이 흐르고 시간이 흐르는
물고기들이 쉼 없이 제 몸을 불리는
노동
그 귀한 헌신들을
이제야 알아봐서

욕망의 어리광만 오냐오냐 받아먹다가
살이 무진장 쪄버린
망나니로 변해도 회초리를 들지 못해
천재지변을 불러오는
공기이거나
물방울인 적 있어서

新구사일생

침몰된 유조선에 누워
아홉 해를 보냈다

다시 시작해보려고
땅끝까지 찾아갔을 때
바닷물은 내 안의 기름 냄새에
구역질을 해대고 나는
옛날이 부끄러워 헛구역질을 했다

이봐! 헛구역질은
살아남았다는 신호야! 외쳐주며
까마득히 날고 있는
한 나라를 이루고 있는 저 새 떼들

몸이 썩어본 나는 금방 알아봤다

썩은 갯벌에서도
살아남은 물고기들이 오래전에

죽은 물고기들의 혼을 겹겹이 물고
물속처럼 공중을 헤엄쳐 하늘로
오르고 있다는 것

물고기가 썩은 바다의 일부를 떼어서
이고 지고 오르듯 침몰된 시간들을
겹겹이 물고 나도 따라 올랐다
다음 창천까지

치매 병동에서 우연히

누군가 펼쳐둔 페이지에서

저를 증명해줄 제 詩를 발견하고는

뼈가 으스러지도록 껴안았다

행간 사이사이에 숨어 있는 제 이력을

눈 부릅뜨고 뒤지다가 치매쯤은

소탕시킬 배아가 살아 있음직해서

아직 남은 제 귀한 것들을 행간에

털어 넣어 휘휘 저어

문장에 피가 돌 때마다 눈시울

붉어지는 글씨들을 삼켰다

이사 치료

이삿짐을 풀자
시신 썩은 냄새가 났다
상처도 목숨이었으니
따뜻한 묘지를 만들어줘야 할 텐데
삽과 괭이는 책? 가슴?

살점이 떨어져 나간 가구들을 볼 때마다
허벅지가 아픈데 거리로서만 치유 가능한
이사 치료 어디까지 왔을까
미처 실어 오지 못한 어느 집에선가의
미끈한 웃음소리, 숟가락 소리가
문 두드리는 것 같아
선잠 깨는 밤
가구와 가구 사이에 몸과 몸 사이에
책과 책 사이에
얼마나 많은 묘지를 파야 비로소
가족이 될 수 있을까, 생각하는
사이에
첫눈이 내렸다

복제라면 착한 밥을

모두
흘려보낸 줄 알고
돌아서면
어둠이나 햇살, 냄새처럼
빠르게 스며들어 재잘거리는
헌, 욕, 악 자로 시작되는 세포들
정으로 똘똘 뭉친 썩을 것들

그것들을
볼이 뽀얀 정자와 난자
새콤달콤한 인자로
바꿀 수 있을까 하고
착한 밥을 복제받을 수 있을까 하고
서초구 법원 앞 하나산부인과를
날마다 기웃거리시나요?

낡아빠진 농사

눈물도 식량인데 헐값의 눈물들을 쌓아둘 곳간 궁
리할 수밖에

다운증후군을 껴입고도 배우가 된 청년 강민휘, 배
우로 사는 일이 행복해서 흘리던

절체절명의 갈비뼈에서만 순 트는 육체가 행복한
눈물이라면

가장 추운 산에서만 길들여진 바위와 한솥밥 먹을
수밖에

얼다가 녹고 녹다가 얼면서 내 눈물 자라 옹달샘만
큼 저를 넓혀 용암처럼 끓다가

방울방울 무사히 흘러나와 빵을 굽고 차를 끓이고
추운 가슴 골고루 덥힐 수 있다면

사랑한다면 칼 밀러*처럼

바닷물이 달을 타고 오를 때마다 그는 물방울로 분
해되어 천리포로 흘러갔다 흐르고 흘러

수만 평의 땅이 되었다 송충이도 발 뻗고 잠드는
곳, 더 많이 사랑한 것도 죄가 되는

마음 독해지는 약이 있다면 수천만 원일지라도 사
먹고 싶은 순간마저 빨아들이는 품이 되었을 때

달을 타고 떠나갔다 흰뺨검둥오리 새끼들이 그의
제일(祭日)에 맞춰 수련 사이에 길을 열면 시작되는

꽃 제사! 약속처럼 일제히 아름다운 나팔이 되는
천리포 수목원의 입술들, 행여 그 입술에 재앙이 닿
을까 두려워

수목원 지분의 재앙을 물고 날아가서는 아직 돌아
오지 않는 직박구리는 칼 밀러의 다른 몸?

* 26세에 미 군정청 정책고문관으로 자원. 한국인 민병갈로 60해
를 살면서 제 모든 것을 천리포 수목원에 바침.

아는 사이

내 자리는 아직 운전석 옆이다

아는 얼굴부터 면허증을 주는

저쪽을 무면허로 한번 쳐들어가봐?

말똥거리다가 좌판만 물끄러미

내려다보던 팔순 할머니와 마주쳤다

아픈 풍경들을 만날 때마다 외상 긋는 일

부끄러워 황급히 차에서 내렸지만

겨우 어린 배추 한 단과 무 세 개를 샀다

마수라며 고맙다며

환히 웃는 할머니와 이제 아는 사이다

안면을 더 사고 싶은 나는 장터를 떠도는

뜨거운 눈시울들을 긴 빨대를 꽂고

빨아 마셨다 떨이로 팔아넘길 뻔했던

허기들과 神의 주머니 사정도

오늘만은 나와 아는 사이다

X를 찾아서

아무것도 따지지 말자, 라는 역에 이르러 X를 찾아
갔을 것이다 아마도 예배를 마치고 나오는 이들의

이미지를 지켜보면서 문득 위험한 인물의 순으로
붙잡아 들이신 것은 아닐까 생의 감옥 혹은 보호소
같은 곳에서

손과 귀를 뚫고 사라진 빛 혹은 소리들일까 그 빛
그 소리 만진 적 있는 것처럼 믿고 기뻐하는

수족, 나날이 지구를 뚫고 나오는 이유가 무엇일까
제 힘만으로 견딜 수 있는 이들은 여전히 X에 대해
무심하거나

비하하거나? 그들조차 만질 수 있고 말하고 걷고
뛰고 노래하고 술 마시는 스몰 x를 만났을지도 몰라

걱정하며 잡은 손바닥 사이에서 기뻐하며 껴안은

심장 사이에서 바위틈 빛과 그림자

찔레 덤불과 소나무 그늘 찢어진 마음 이메일 혹은
벽, 고개가 꺾이도록 졸며 들었던 설교

홈 쇼핑 광고 멘트와 보이는 것도 안 믿는 이 세상
에서 안 보이는 X를 믿는 이들이 고여 이룬 웅덩이
에서

예술의전당 노천카페에 열린 입

잘 익은
석류 벌어지듯
테이블마다 즐겁게 열린
입, 입, 입

찻잔에 술잔에 무릎 사이에
거침없이 쏟아내고도
생의 알갱이가 무사하냐고
툭, 치며 물어보고 싶은데

종아리를 타고 오르더니 허벅지를
꽉 물며 맴맴 매미가 울어
일어설 타임조차 놓쳤는데

취객처럼
무진장한 햇살만 덮치는
오늘의 내 운세

잘 자란 공포들이

환하게 나를 진화시키려고 내 피 팔 할을 바쳐 분
양받은 어둠, 빛과 소통하고 싶을 때

천장에 거꾸로 매달려 수천 마리의 공포를 떨어뜨
린다 꼬물대는 수만 마리의 공포들

잘 자란 공포들이 밤마다 잠들어 선해진 세상 냄새
를 물어 오면 빛 한 올쯤은 환해졌을까

풀 한 포기 새알 하나도 어둠을 찢어낼 향을 받을
때야 生이 열린다는데 몇 해를 버틴 공포를 바치면

세상에 진 빚을 다 갚을 수 있을까 가장 크고 높고
환하게 저를 키워낸 레추길라 동굴

마치 샹들리에를 켠 듯 환하다는 아메리카산 레추
길라 동굴의 한 점 혈육이 될 수 있을까

배나무의 치매

어제까지는
양조장집 마님이시다가
오늘부터는 밥벌이에 나서느라
종일 지체가 구겨져도
부도난 가계(家系)의 팔다리와
이 방 저 방
문창호지 속까지 배꽃을 피워내
식구들의 남루한 잠을
달게 달여주시던
내 어머니

너무 오래 꽃 피우다
눈엣가시가 된 듯,
허허롭다

보호 시설 앞마당으로는
옮겨 앉지 않으려고
땅벌레처럼 내다 팔 영혼을
온종일 뒤적뒤적

너무 늦은 생각

꽃의 색과 향기와 새들의
목도
가장 배고픈 순간에 트인다는 것
밥벌이라는 것

허공에 번지기 시작한
색과
향기와 새소리를 들이켜다 보면
견딜 수 없이 배고파지는 것
영혼의
숟가락질이라는 것

안경이 없어서

수십 년을 하루같이 수십만 평의
자연을
밥벌이시키며 구십이 저무는 타샤 튜더*
그녀는 이 세상을 벌면서
저 세상도 벌고 있었다는 것

너무 늦게 알아봤어

이 세상과
다른 세상을 경계 없이 드나드는
심부름꾼인 양 그녀
저절로 조금씩 자연으로 바뀌어져서
장례도 필요 없다는 걸

우리는 생의 편이지만
생은
죽음의 편이라는 걸

* 삽화가이자 동화 작가. 50대부터 40여 년간 40여만 평의 땅을 일
궈 꽃과 나무의 세상을 만들어주며 살다 떠남.

구와 십구 사이

창고에 방을 내어 살던 시절 주인집 앞마당엔 노란
개나리를 시작으로

온갖 꽃들이 열두 구멍을 열고 나와서는 괄호야!
놀자!
괄호야! 놀자!

불러대면 나는야 학교를 못 다니는 일, 괘념치 않아
꽃의 구멍으로 흘러가 꽃으로 흘러나왔던,

여름 내내 연못으로 흘러가 물구멍까지 열고 나와
서는
목이 길어 먼

동네의 근심까지 살라먹는 연꽃으로 눈부시고 싶
었을,
땅을 뚫고 물을 뚫고 나오는

형상이 환희뿐인 줄 알던, 나의 구와 십구 사이에서
밟은 적 있는 땅과

물의 깊이만큼 고통도 숨어 자라 그늘이 된 것처럼
더는 갈 곳이 없어진 아버지는

또 이사를 하고 그 집에서 가장 작은 방 옆구리에
간신히 구멍을 내어 솥을 얹었던,

명옥이네* 집

神聖里의 문을 여는
느티나무와

도곡초등학교의 문지기에서 성자가 된
고령의 은행나무

백 수를 넘긴 매화나무조차

꽃 피는 순간, 꽃 지는 순간을 공유하려고
발뒤꿈치를 들면
한없이 몸을 구부리는 길의 곡선!

개울을 수채화로 만들 두루미
밭두렁 논두렁에 쌓일 무진장한 햇살과
물안개를 단숨에 알아본 그녀의

안목이 눈부셨다 시린 순간들을 藥 삼아
꼿꼿하게 키운

금쪽같은 내 시간들마저 기진맥진,

氣가 죽었다 그녀의 풍류가 살려낸
나무와 꽃과 벌레들
그들이 옥신각신 저물며 되살린
목숨들 앞에서는,

* 대궐만 한 한옥에서 자라 大地와 남다른 가풍이 몸에 밴 것 같
  은 초등학교 동창이 살려낸, 화순군 도곡면 신성리 98-1에 있는
  시골집. 함자가 安자 太자 時자이신 그녀의 할아버지를 고향에
  선 퇴계나 율곡으로 모셨다.

입춘

사람의 손이 닿을 수 없는 영역까지가
정신이라면

입을 봉하고 싶어도
몽둥이로 두들겨 패주고 싶어도
불가한 것

정신 속에도 사람의 형상이 있다면
눈곱도 떼어내고
칫솔질도 시켜줘야 할 텐데

땀 흘리는 일밖에 떠오르는 게 없어
겨울 내내 미륵산을 오르다가
무슨 선물처럼 전투기를 두 대나 만났다
온몸이 정신인 허공을 가르는 전투기
소리, 미륵산이 쫙쫙 갈라질 때

내 오래된 욕들이 우수수 떨어졌다

U턴

너를 일찍 알았더라면

비단결 같은
내 피 만져볼 수 없었겠다

치명적인 피 안 마셨겠다
첫사랑과 신방 꾸미지 못했겠다

내 피에도
네가 흐른다는 신호 알아챘다면

K대학원도 중도 하차 안 했겠다
터진 생의 바느질도 못 배웠겠다

내 피 너무 심심해서 해파리
석류 오디 사과 고추 맛은
엄두도 못 냈겠다

말의 처소

삼백 수의 배롱나무
참 오래된 침묵을 뚫고 나온
수만 송이 붉은 꽃말들은

호수에 떨어져도 녹지 아니하네
물의 말이 되어 소곤소곤

왼편에 떨어지면 왼편의 말
오른편에 떨어지면 오른편의 말

비단잉어 등에 떨어지면

비단잉어의 말이 되어
농익는데

붉은 꽃말들은 서로를 잇대어
꽃 지붕으로 우뚝 서늘한데

팔순 넘어서야 말문이 트이신
내 어머니의 꽉 찬 침묵은

왼쪽 뇌도 오른쪽 뇌도
뒤통수도 바람도 아니 듣는

빈말이 되어
허공을 떠도네!

배롱나무의 말은 늙어 온갖 호사를
다 누리는데

내 어머니의 오래된 말씀은
풀도 풀벌레도 귀담아듣지 아니하네

맴맴 매미 소리에 묻혀 쥐며느리에
걸려 바람에 묻혀 웅웅 울다가
떨어져 녹아버릴 뿐인데

누옥조차 없는데
한번 말씀을 시작하시면
끝을 모르시는 것은

말의 거처를 만들어주지 못한
내 아버지의 탓,

말의 월세 집을 전전하게 하는
피붙이들의 탓,

너무 늦게
트인 말씀들의 생가 같은

삼백 년 묵은
저 배롱나무 속에 무사히 들어가

붉은 꽃잠 주무시다 꽃의 말로
다시 오실 내 어머니

회전 레스토랑

한 관계에서
엉덩이 한쪽만큼이라도
이동하고 싶을 때 허공과
함께 회전 레스토랑에서 식사를 해요
두 시간만 버티면 가만히 앉아서도
다른 벗 다른 생각 다른 시간들을
맛있게, 먹으며
부른 배를 만져요

나는 가만히 있는데
그가
그들이
그 풍경이

떠나갈 때 앉은 자리 때문이란 걸
모른 채
자리를 박차고 뛰어나오는 일
어때요?

3분 16초

눈과
귀와
팔다리가
한통속이 돼

새와
꽃
나비가 된 3분 16초

사는 일이 꼭 저만큼만
가볍고
눈물겹고
눈부실 수 있다면

저 순간들로 전이될 수 있다면
다섯 살
열두 살
열아홉

스물셋의 춤이 위기 때마다
허공을 찢고 나와

일생의 고단함과
병과
늙음의 비애를 달래줄 수 있다면

사람의 무게를 비워낸
償으로
벌어들인 저 3분 16초를
공중에 음각하는 한 사람이 되고 싶다

빛의 사서함

빛을 열어보려고
허공을 긁어대는 손톱들
저 무수한 손가락들을 모른 척

오늘만은
온 세상의 햇빛을 수련네로
몰아주려는 듯
휘청, 물 한 채가 흔들렸다

헛것을 본 것처럼 놀라
금방 핀 제 꽃송이를 툭 건드리는데

받은 정을 갚으려고 빛으로 붐비는
다이애나 妃와 오드리 햅번까지

활짝 눈을 떴다
팔뚝만 한 쇳덩이가 바늘이
될 때까지 불덩이에 얹혀살다가

불의 그림자로 바느질한 빛의 사서함
그녀들의 사서함이 代 끊긴 수련들을
붉고 노란 웃음소리로 불러냈을까

깊은 울음만이 진창으로 흘러들어가
붉고 노랗게 웃을 수 있는 것일까
생각하는 사이에

수련이 또 수없이 피어났다

잘 익은 근심들을
붉고 노란 웃음소리로
뽑아내듯

순간 의자

아무도 몰래
둔부를 비틀고 구부리어

톱과 대패
망치와 못이 되어

제 몸을
수없이 다녀간 양

미끈한 의자가 되셨던데

어떻게 단련시키던가요?
허공에게 물었더니

그저 앉게 해주더라고
대답하는

아! 아픈 마음에게만 보이는
순간 육체

눈물의 힘과 모성적 상상력

오 생 근

　13년 전, 박라연의 세번째 시집『너에게 세들어 사는
동안』을 해설하는 자리에서, 나는 그녀의 시적 원류에는
눈물과 슬픔의 풍부한 자원이 있지만, 그것은 비극적이거
나 처연한 것이기는커녕 건강하고 아름다운 생명력을 잉
태할 수 있는 근거가 된다는 것을, 시인에 대한 이해의 출
발점으로 삼았다. 이후,『공중 속의 내 정원』(2000),『우
주 돌아가셨다』(2006)를 펴내면서, 박라연은 실존적 슬
픔을 서서히 극복하고 대체로 삶에 대한 전면적 긍정과 희
망의 시각을 보여주었다.『우주 돌아가셨다』이후 3년도
채 되기 전에 펴내는, 그 어느 때보다 풍부하고 활달한 상
상력의 경지를 보여주는 여섯번째 시집『빛의 사서함』에
서, 주목되는 시들 중 하나인「낡아빠진 농사」는 눈물을
주제로 한 새로운 해석을 내보인다. 이 시를 읽으면서, 나

는 그녀의 초기 시들에 빈번히 나타난 눈물의 존재와 의미를 다시 떠올리게 되었고, 젊은 날 그녀가 자주 겪었던 슬픔과 상처의 원인이 무엇이었을지 생각해보게 되었다. 이것은 그야말로 거칠고 주관적인 추측에 불과한 것이겠지만, 그녀의 많은 눈물은 어떤 외부적 사건 때문이 아니라, 사람과 세상에 대한 그녀의 과도한 사랑 때문이거나 서툰 사랑의 방식 때문이었을 것이다. 다시 말해서 그녀의 슬픔은, 사랑의 감정이 많은 사람이 그것을 표현하는 '사랑의 문법'을 몰랐기 때문에 겪는 슬픔이었을 것으로 짐작된다는 것이다. 그러니까 모든 존재에 대한 넘치는 사랑의 감정이 시인에게 실망감을 갖게 하였고 눈물을 흘리게 한 것이라면, 문제는 바로 사랑이다. 결국 그녀로서는 자연스러운 사랑의 방식이 세상의 상식적인 사랑의 방식과 충돌하거나 어긋남으로 인해, 시인의 기억 속에 상처와 눈물을 생겨나게 했을 것으로 생각된다. 이런 식으로 본다면, 그러한 눈물은 당연히 나약한 감성의 증거도 아니고, 무의미한 감상의 표출도 될 수 없다. 그것은 풍부한 감성의 원천으로서, 당연히 시인의 성숙한 정신 속에서 삶에 대한 의지의 지층을 단단하고 두껍게 쌓아올리는 자산이 된다. 「낡아빠진 농사」는 이제 사랑의 문법에도 익숙해진 시인의 깊이 있고 원숙한 시각을 명증히 반영한다.

눈물도 식량인데 헐값의 눈물들을 쌓아둘 곳간 궁리할 수

밖에

　　다운증후군을 껴입고도 배우가 된 청년 강민휘, 배우로
사는 일이 행복해서 흘리던

　　절체절명의 갈비뼈에서만 순 트는 육체가 행복한 눈물이
라면

　　가장 추운 산에서만 길들여진 바위와 한솥밥 먹을 수밖에

　　얼다가 녹고 녹다가 얼면서 내 눈물 자라 옹달샘만큼 저
를 넓혀 용암처럼 끓다가

　　방울방울 무사히 흘러나와 빵을 굽고 차를 끓이고 추운
가슴 골고루 덥힐 수 있다면　　──「낡아빠진 농사」 전문

　시인은 이렇게 눈물을 식량이라고 말하면서 그것이 양
심과 자산의 토대가 될 수 있음을 암시한다. 이 시에 담겨
있는 시구를 빌려서 말하자면, 그 눈물은 "절체절명의 갈
비뼈에서만 순 트는 육체"처럼 생명의 요소가 되고, 매서
운 추위를 견디며 더욱 단단해진 바위처럼 절박하고 절실
한 체험 속에서 더욱 강인해지며, 새로운 생명처럼 탄생
한 희망의 표상이 된다. 또한 그것은 인생의 온갖 고난과

시련을 통해 "얼다가 녹고 녹다가 얼면서 자라"고 튼튼해질 뿐 아니라, "옹달샘"만 한 넓이로 커져서 사람들의 행복한 일상에 필요한 양식이 되거나 외로운 사람들의 마음을 따뜻하게 덥힐 수 있는 물이 되기도 한다. 물론 이 시에서 그 눈물이 바로 양식이라는 단정적인 어사는 없지만, 눈물이 그렇게 되기를 바라는 시적 메시지는 어떤 산문적 주장보다도 강렬하다. 그것은 수많은 눈물과 슬픔의 체험을 통해 정신적으로 훨씬 성숙해진 사람만이 보일 수 있는 믿음의 반영일 것이다. 다운증후군의 청년이 "배우로 사는 일이 행복해서 흘리던" 눈물이라는 표현에서 알 수 있듯이, 그것은 온갖 고통과 절망을 극복하고 성장한 사람의 아름답고 행복한 눈물이다. 이렇게 슬픔의 눈물이 행복의 눈물로 변화하게 되는 것은, 박라연 시 세계의 변모 과정을 상징적으로 보여준다고 말할 수 있다.

「낡아빠진 농사」라는 제목에서도 알 수 있듯이, 박라연의 시는 대체로 시인의 감정과 생각을 과장하지 않고, 소박하고 자연스럽게 표현하고 있다는 느낌을 준다. 이러한 시인의 겸손한 모습은 삶에 대한 감사와 모든 존재와 생명에 대한 근원적인 사랑에서 비롯된 것으로 볼 수 있다. 앞에서 말했듯이, 그녀는 남과 다른 사랑의 방식을 갖고 있어서 슬픔과 고통을 많이 견디며 성장해온 시인이지만, 시를 통해서 발견되는 삶의 의지와 자신감은 무엇보다 적극적이고 강렬해 보인다. 그녀의 고통이 반드시 희망으로 이어지고 절망으로 귀결되지 않는 것은, 고통이 있는 어느 자리에서나 그녀가 새로운 사랑과 희망을 찾기 때문이다.

땅바닥이 파일 듯 천장이 뚫릴 듯 쩡쩡, 아픈 시간들을 뱉어낼 때마다 화관을 찢으며 흘러나오던 죄와 상처, 보물찾기의 절정이었을까

사는 일이 캄캄해 부싯돌인 양 제 몸을 치며 견딜 때 거짓말처럼 환한 길을
펼쳐주신 X, 그를 안 본 이들에게 어떻게 전할까
　　　　　　　　　　　　　　　　　　　　　　—「X 파일」부분

이 작품에 의하면, 시인은 죄와 상처로 얼룩진 "아픈 시간" 속에서 "사는 일이 캄캄해 부싯돌인 양 제 몸을 치며" 괴로움을 견디던 중, X를 통해서 구원의 빛을 발견하게 되었다. 물론 그 X는 신성(神聖)한 존재일 수도 있고, 인생의 갈림길에서 큰 도움을 준 어떤 은인 같은 사람일 수도 있다. 이 시집에 실린 다른 시들에서도 확인되는 것이지만, 시인은 신성한 존재에 대한 믿음을 갖고 있으면서도 대체로 그것을 단정적으로 표현하지 않고 있다. 그렇기 때문에 X를 간단히 초월적 존재로 환원시키는 해석은 적절하지 않다. 마찬가지로 마지막 구절인 "그를 안

본 이들에게 어떻게 전할까"는 신앙의 전도를 나타낸 말이라기보다 자기 구원의 길에서 빛의 역할을 해준 사람에게 갖는 극진한 고마움을 완곡히 표현한 것으로 해석된다. 신성한 존재가 암시적으로 표현되는 예는 「그 사람」이란 시에서도 확인할 수 있다. 이 시의 화자는 "고소공포증에도 목숨 걸고" '그 사람'을 만나려고 높은 곳을 올라갔더니 '그 사람'은 없고, 그 사람 비슷하게 연기하는 수많은 얼굴과 목소리를 접할 수 있었을 뿐이며, "고도에 존재하는 것들은/모두 그 사람"이라고 진술하는데, 이런 점에서 본다면 '고도'는 마음속에서 추구해야 할 어떤 내면의 상태이거나 깊은 믿음의 깨달음 속에서 나타나는 신성한 영적 존재를 의미하는 것일 수 있다. 물론 시인에게 중요한 것은 신앙의 강조도 아니고, 초월적 존재 앞에서의 원죄의식도 아니다. 어쩌면 이런 태도가 더 깊은 신앙심의 표현일지도 모르겠지만, 시인은 신성한 존재에 대한 막연하면서도 소박한 믿음의 바탕 위에서 삶과 세상을 긍정적으로 수용한다. 인간의 선과 생명의 존재를 신뢰하는 시인은 자신의 손가락에 앉은 고추잠자리를 바라보며 신의 축복이라고 생각하고(「손가락 의자」), 탱자 꽃향기가 흘러넘치는 마을의 풍경을 바라보며 행복감을 느끼거나(「크나큰 수레」), 호랑나비가 채송화 위에 앉아 있는 모양을 사랑의 몸짓으로 이해하고 황홀해(「Love」)하기도 한다. 더 나아가서 그는 세상의 모든 상처와 죽음에 생명을 부여하는 적

극적 모성의 의지와 상상력을 활달하게 발휘한다. 다음의
시는 그것의 적절한 예증이다.

피를 빛으로 바꾼 듯

선 자리마다 검게 빛났다

아는 얼굴도 있다

산 채로 벼락을 몇 번쯤 맞으면

피를 빛으로 바꾸는지

온갖 새 울음 흘러넘치게 하는지

궁금한데 입이 안 열렸다

온갖 풍화를 받아들여 돌처럼

단단해진 몸을 손톱으로 파본다

빛이 뭉클, 만져졌다

산 자의 밥상에는 없는 기운으로

바꿔치기 된 듯

힘이 세져서 하산했다   ──「고사목 마을」 전문

시인은 검은 빛으로 죽어 있는 듯이 보이는 고사목에서
생명의 빛을 발견하고, 그 빛의 기운을 받아 삶의 활력을
얻어서 생활의 세계로 하산하게 된 사연을 이야기한다. 얼
핏 평범한 듯이 보이는 이러한 시적 얼개는 사실 비범한
관찰력과 상상력의 표현들이 점층적으로 연결되어 빈틈없
는 완성을 보인다. 우선 벼락을 맞아 죽은 듯한 검은색의
나무껍질에서 "피를 빛으로 바꾼 듯"한 생명의 빛을 발견
한 시인의 시선도 놀랍지만, 단단한 나무의 껍질 속을 손
톱으로 파보다 "빛이 뭉클, 만져졌다"는 촉감의 표현은 더
욱 놀랍다. 또한 "벼락을 몇 번쯤 맞으면/피를 빛으로 바
꾸는지"와 같은 시구를 통해서, 독자는 자연스럽게 고통
과 시련을 통해서 인간이 성장하고 새롭게 탄생한다는 교
훈을 떠올릴 수 있다. 시련 없이 성숙할 수 있는 사람은
없듯이, 죽음의 고통 없는 생명의 탄생도 불가능할 것이
다. 이런 점에서 죽음이 삶 속에 있다는 깨달음보다 더 중
요한 것은 바로 죽음의 시련을 극복해서 새로운 삶의 의지
로 사는 일이라고 말할 수 있다.

박라연은 삶에서 죽음을 찾기보다 죽음에서 생명을 발견하는 일을 더 자연스럽게 생각하는 시인이다. 『빛의 사서함』이란 제목이 암시하듯이 삶에 어떤 고통과 시련이 오더라도 그것에 절망하기보다 빛의 희망을 찾는 일은 그녀의 모든 시를 특징짓는 요소이다. 이런 맥락에서 시인이 불면의 밤을 고통스러워하기보다 불면을 "독 속의 쌀을 싹싹 긁어 굶주린 허공에게//밥을 지어 먹이자는," "누군가의 손짓"(「불면」)으로 해석하는 경우와, "끼니 걱정/집 걱정하는 이웃을 위해" "새나 곤충/식물들의 운과 명이 번져/끼니도 집도 허공에게서/노지에게서 하사받을 수 있는" 허공을 "분양해주는" "占집 같은 간판들"(「만개한 용기」)을 내걸고 싶다는 희망을 표현하는 경우는 모두 의미의 일치를 보이는 것들이다. 그녀의 희망은 "오래된 나의 어둠을 밀어내고/달마저 붉게 물들여져서/세상 한 귀퉁이라도 비춰낼 무렵", 그 달에 내리는 두레박(「달에 내리는 두레박처럼」)으로 표현되기도 한다. 그 희망이 어떤 것이든지 간에, 시인에게서 희망은 전혀 개인적이거나 이기적인 것이 아니다. 또한 그것은 "끼니 걱정/집 걱정하는 이웃"처럼 물질적인 고난을 겪거나, "茶처럼 비애를 마시며 사는/사람들"(「문자 배우」)처럼 슬픔과 우울의 시간을 벗어나지 못하는 사람들을 대상으로 한다는 것도 주목해야 할 점이다.

시인은 "남 걱정하느라 참 부산스럽다"(「박 정 웅」)고

진술할 만큼, 다른 사람들에 대한 관심과 염려를 보이는 일에 늘 분주하다. 그의 선량하고 인간적인 모습에서 표출된 관심의 대상은 사람이나 동물에 한정되어 있지 않다. 그가 아파트 쓰레기통에 버려진 벤자민을 바라보며 쓴 다음의 시는 단순히 식물에 대한 관심을 넘어서서 식물을 인간적 차원에 올려놓고 식물과 대화하는 모습을 보여준다.

사람 고픈 냄새가
낭자해서 코를 쑥 뺐더니

벤자민 씨 오래전에 아파트
쓰레기통에 버려졌다는 것
손톱도 안 들어갈 만큼 목마른,
흙을 뚫으며 미처 못 산 시간을
찾아 나선 뿌리들,
무려 이 미터의 몸을 먹여 살리려고
공중의 수분을 핥으려고
시골 장독만 한 화분 외벽을
칭칭 동여매며 버틴 것
화분의 배수구 그 작은
통로를 통해 여윈
목마른, 헤진 여생을
혀로

삯바느질한 이야기

쪽 넣어주네   ——「벤자민 씨가 쓴 소설」, 전문

시인은 메마른 벤자민을 보고 느낀 생각을 "벤자민 씨가 쓴 소설"이라고 표현한다. 박라연의 독창성이 보이는 이 시에서, 목마른 식물의 뿌리가 흙 위로 사방에 퍼져 있는 모양은 "흙을 뚫으며 미처 못 산 시간을／찾아 나선" 적극적인 의지와 "무려 이 미터의 몸을 먹여 살리려고／공중의 수분을 핥"는 치열한 행위로 표현된다. 그러나 무엇보다 독창적이라고 생각되는 점은 화분 밑에 물이 빠질 수 있도록 만든 구멍을 통해 "여윈／목마른, 헤진 여생을／혀로／삯바느질한 이야기"를 담은 대목이다. 이것은 사물에 대한 시인의 섬세한 관찰의 능력을 드러내는 것이면서, 사물을 인간적인 사랑의 시선으로 바라보는 일에 익숙한 시인의 일상 속에서 자연스럽게 빚어진 결과이다. 사람의 삶 속에 편입되거나 삶과 관련된 모든 존재들은 인간적인 대우를 받아야 한다고 시인은 생각하는 듯하다. 그렇기 때문에 생활의 일부를 구성하는 모든 사물들이 인간적으로 표현되는 것이다.

이삿짐을 풀자
시신 썩은 냄새가 났다

상처도 목숨이었으니
따뜻한 묘지를 만들어줘야 할 텐데
삽과 괭이는 책? 가슴?　　　　　──「이사 치료」부분

　　이삿짐 속의 부분적으로 훼손되거나 망가진 가구에서 시인은 "시신 썩은 냄새"를 맡는다. 그는 '시신'과 같은 가구에게 묘지를 만들어줘야 한다는 생각을 하다가 묘지를 파는 일에 소용되는 삽과 괭이의 역할을 하는 것이 책일까? 가슴일까?라고 시인다운 상상의 날개를 펼친다. 사람의 손때가 묻어 있는 가구를 이렇게 인간화하여 바라보듯이, 한 가족의 생활과 역사를 담은 집에 대한 생각은 보다 각별히 표현된다.

거주 만료된 몸을 나와
저세상으로
가던 길목에서 문득 희로애락을 끌고
평생 수고해준
제 몸을
한 번 더 보고 싶어진 영혼처럼
그녀

차를 돌려 살던 집의 비밀번호를 눌렀다

숟가락 소리 웃음소리 서류와 옷
가구와 상처와 추억이
집을
빠져나가니 싸늘히 식어버렸구나!

무릎을 꿇고 함께 견딘 시간들을 주물렀다

인공호흡까지 시켰다 입을 달싹거리며
알은체하자 그녀

노잣돈 건네듯 움트는 동녘 햇살을 혀끝으로
떼어 덮어주었다
설익은 밥

높고 외롭고 쓸쓸한 정신을
흉내만 낸
나의 밥을
오랜 세월 맛있게 먹어준
집에게
큰절하며 돌아섰다   ──「동병상련의,」전문

　집은 우리의 삶을 구성하고 결정하는 구체적 공간이다.
"집은 인간적 삶의 출발점이자 도착점이며, 세계이고 우

주"로서, "우리의 생활뿐 아니라 상상세계 혹은 정신적 삶에서 모성적인 따뜻함이나 안락한 은신처로 떠오르는 한편, 우리의 생각과 추억과 꿈을 통합하고, 변형되는 어떤 살아 있는 유기적 존재로 인식되기도 한다"(졸고,「집과 시적 상상력」, 『그리움으로 짓는 문학의 집』, 문학과지성사, 2000). 위의 시에서 보듯, 박라연은 자신이 살던 집을 '살아 있는 유기적 존재'로 인식하는 연장선에서, 살다가 이사한 텅 빈 집을 생명의 숨결이 정지된 '몸'으로 표현한다. 첫번째 연에서 나타난 비유에 따르자면, 사람과 집의 관계는 영혼과 육체의 관계와 다름없는 것이 된다.「대청소」라는 시에서 "거실은 대장"으로, "부엌은 머리"로 "변기는 욕망이 거하는/뇌"로 은유하는 것도 집을 인간과 동일시하는 시인의 생각을 분명히 반영해주는 예이다.「동병상련의,」에서 시인은 이삿짐의 내용을 물질적인 것이 아니라 "숟가락 소리 웃음소리 서류와 옷/가구와 상처와 추억"으로 추상화시켜 요약한다. 그러한 이삿짐이 빠져나간 집이 시신처럼 느껴졌기 때문에, 그는 "무릎을 꿇고 함께 견딘 시간들을 주"무르는 인공호흡의 동작을 취하거나, 영안실에서 고인의 영정 앞에 절을 하듯 "집에게/큰절하"기도 한다. 또한 집 덕분에 살아왔다는 감사의 마음을 "높고 외롭고 쓸쓸한 정신을/흉내만 낸/나의 밥을/오랜 세월 맛있게 먹어준" 것으로 표현한다. 그 집에서 시를 쓰고, 가족과 행복한 시간을 가질 수 있었다는 감사의 생각이, 집에게 '밥'을 만들어준다거나 집이 그 '밥'을 맛있게 먹어주었다는 생각으로 전이되는 것이다. 여기서 집에게 '밥'을 만들어준다는 표현은 아주 독창적이고 의미심장한 것이다.

박라연은 배고픈 사람에게 밥을 먹이고, 아픈 사람의 마음을 다독여주고, "세속의 계산을 뛰어넘는"(「선물들의 희망 사항」) 생각과 행동을 천연스럽게 하는 시인이다. 대부분 한국의 많은 훌륭한 어머니들이 자식 사랑에서 그렇게 헌신적인 모습을 보여주었지만, 가족의 범위를 넘어서서는 이기적인 모습을 보이기도 했다. 그러나 박라연은 가족의 테두리 밖에 있는 모든 존재에 대한 연민과 사랑의 상상력을 자유롭게 발현시켰다. 시인이기 때문에 그렇게 표현할 수 있다고 하겠지만, 모든 시인이 그런 상상력의 경지를 보이는 것은 아니다. 여기서 박라연의 시적 상상력을 특징짓는 중요한 어휘가 '밥'이라는 것을 말할 필요가 있다. 앞에서 인용한 「동병상련의,」나 「불면」에서뿐 아니라 「복제라면 착한 밥을」이란 제목에서와 같이 '밥'에 대한 은유가 많이 등장하는 것도 그처럼 계산 없는 열린 마음의 모성적 상상력을 나타내는 증거이기 때문이다. 밥과 같은 맥락에서 쓰이는 '밥상'도 마찬가지이다. "식물들이 밤새워 지은 밥상"(「만개한 용기」)과 같은 표현과 「그림자 밥상」이나 「허화(虛花)들의 밥상」이란 제목을 통해서 알 수 있듯이, 박라연의 시에서는 '밥상'이란 어휘도 많이 발견된다. 이것은 타자들에 대한 배려를 많이 하는 시인이 남을 위해 '밥'을 만들어주거나 '밥상'을 차려주는 일에 익숙해 있기 때문일 것으로 이해할 수도 있지만, 시인이 자신을 낮추고 우주 만물에 대한 공동체적 인식의 입장을 선호하기 때문으로 해석할 수도 있다. 김지하에 의하면 "밥이란 생산활동과 또한 그 결과를 수렴하는 활동 전체의 기본 특징"으로서 "밥은 어떠한 경우에 있어서도 혼자서 생산할 수 없"고, "협동적으로 생산하며 공동체적으로 생산하게 되어 있"는 것처럼, "밥상이라 하는 것은 여럿이서 둘러앉아 먹는 공동체 생활"을 의미한다(김지하, 「나는 밥이다」, 『밥』, 분도출판사, 1985). '밥'과 '밥상'의 이러한 공동체적 성격이 암시하듯이, '밥'과 '밥상'을 애호하는 시인은 삶의 한복판에서 무수한 구체적 체험을 통해 키워진 생활의 상상력으로, 자기보다 남을 위해서 영양가가 높고 풍부한 '밥상'을 차리는 일에 적극적이다. 어떤 의미에서 시인은 세계를 구성하는 공동체의 일원으로서 만물의 자료를 독창적으로 요리하여 아름다운 언어의 밥상을 만드는 사람일 것이다. 이러한 시인의 모습은 자기중심적인 페미니스트의 공격적인 태도와는 너무나 거리가 멀다. 남을 위한 일에 모든 손해를 감수하고 발벗고 나서듯이, 그녀는 공격적이거나 싸우는 일보다 모든 갈등을 혼자서 감내하고, 이기는 일보다 지는 일을 더 편하게 여긴다.

뻔히 알면서도 모른 척
져줄 때의 형상이 가장
맛, 좋았다   ──「상황 그릇」 부분

누구를 쓰러뜨리는 쾌감보다

물 위에 서서 싸우려고 저를 단련시키는 동안
                    ──「물 위에서의 권투 시합」 부분

　위의 시들에서 보여지듯이 시인은 현실에서 싸우고 경
쟁하여 이기는 것보다, "져줄 때"를 좋아하고, "저를 단련
시키는" 일의 의미를 더 중요시한다. 이것은 패배의 아름
다움을 예찬하기 위해서가 아니라 '지는 자가 이기는 자'
의 논리를 알기 때문이다. 진정한 모성은 자신의 상처와
고통을 노출하지 않으면서, 모든 타자적인 것들의 아픔과
고난을 이해하고 수용하면서 자기의 한계를 넘어서고 자
아를 넓히는 정신이다. 그런 의미에서 박라연은 넓은 마
음과 강인한 모성적 상상력의 시인이라고 말할 수 있다.
이러한 상상력의 힘으로 그는 젊은 날의 눈물을 어느새 밥
으로 만들었고, 슬픔을 밥상으로 변모시킨 것이다.